rororo

rororo

Jan-Uwe Rogge

Altrimenti Azzanno Te

Sonst beiß ich dich!

Mit Bildern von Moni Port

Rowohlt Taschenbuch Verlag

Lektorat Ralf Schweikart / **Originalausgabe** / **Veröffentlicht** im Rowohlt Taschenbuch Verlag GmbH, Reinbek bei Hamburg, August 1999 / **Text- und Umschlagillustration** Moni Port / **Umschlaggestaltung** Barbara Hanke **rotfuchs-comic** Jan P. Schniebel / **Lithographie** Grafische Werkstatt Christian Kreher, Hoisdorf / **Gesetzt** aus Gill Sans PostScript, QuarkXPress 3.32 / **Gesamtherstellung** Clausen & Bosse, Leck **Printed** in Germany / **ISBN** 3 499 20968 3
Die Schreibweise entspricht den Regeln der neuen Rechtschreibung.

Melanie ist umgezogen.

Jetzt wohnen Melanie und Mama
und Papa und ihr kleiner Bruder Paul
in einem Haus ganz für sich allein.

completamente solo per loro

Wenn sie zu ihrer alten Wohnung wollen,
müssen sie erst ein Stück mit dem Bus fahren
und dann mit der S-Bahn.

Das dauert fast eine Stunde. So weit weg gezogen sind sie.
Deshalb ist Melanie oft traurig.

Sie vermisst Janina und Svantje, ihre besten Freundinnen.

Und sie vermisst die Nachbarin Tante Elsa mit ihrem zotteligen Hund Erwin, der sich so gerne streicheln ließ.

Melanie sitzt in ihrem Zimmer und starrt aus dem Fenster. Mama stellt sich hinter sie. «Na komm», tröstet Mama sie, «nun mach mal nicht so ein Gesicht. Du hast doch jetzt ein eigenes, schönes Zimmer!»
Sie nimmt Melanie in den Arm. Aber Melanie will sich nicht trösten lassen und starrt weiter aus dem Fenster.

«Das wird schon wieder. Du musst nicht so traurig sein.»
Sie legt ihren Arm um Melanies Schultern.
«Und bald bist du fünf und unsere große Melanie! Dann kannst du doch nicht mehr so ein Regenwettergesicht machen.»

Melanie reißt sich los und stampft wütend mit dem Fuß auf: «Ich will aber traurig sein!»
Mama schüttelt ratlos den Kopf.
«Und ich will einen Erwin, wie den von Tante Elsa!»
«Wie bitte?», fragt Mama ganz erschrocken.

«Ich will einen Hund! Wenigstens einen Hund wie Erwin will ich!», sagt Melanie.

«Aber Melanie, lass uns damit warten, bis du ein bisschen größer bist, ja.» Mama streichelt Melanie über den Kopf.
«So, und jetzt räum noch deine Sachen in die Kiste. Denk dran, morgen früh hast du dafür keine Zeit mehr. Morgen früh gehst du in den Kindergarten.»

Der Kindergarten!, denkt Melanie voller Schreck.
Den hat sie ja völlig vergessen.

Melanie hat ein bisschen Angst vor dem Kindergarten. Vor den blöden Jungs, die einen bestimmt immer ärgern. Vor den doofen Mädchen, die sie vielleicht nicht als Freundin haben wollen.

Und vor Beate, der Erzieherin.
«Du, die schimpft gleich, wenn du Unsinn machst», hat Mama am Schnuppertag im Kindergarten gesagt. Dabei hatte Beate so nett ausgesehen.

Melanie räumt ein paar Spielsachen in die Holzkisten, als Paul in ihr Zimmer krabbelt. Paul!

So ein kleiner Bruder kann ganz schön nerven. Der darf alles, und ich darf nichts, denkt Melanie oft. Bei jedem Streit bekommt sie die Schuld. Bloß, weil Paul noch so klein ist. Paul sieht Melanie einen Moment lang zu, dann fängt er an, die aufgeräumten Spielsachen wieder aus der Kiste zu holen.

«Hör auf!», ruft Melanie.
Doch Paul lässt sich nicht stören. Grinsend macht er weiter, bis Melanie ihn beiseite schubst.

«Blöder Paul!»
Sofort fängt er an zu schreien, und schon stürzt Mama ins Zimmer.

«Melanie, was ist passiert?»
«Nichts.» Melanie zuckt mit den Schultern.
«Wenn der immer meine Spielsachen ausräumt!»
Aber Mama hört gar nicht zu.
«Was meinst du, wenn die Kinder das im Kindergarten mit dir machen? Wenn die so grob und böse zu dir sind und dich so ärgern?»

«Dann hol ich meine Freunde!», sagt Melanie.
«Deine Freunde?», fragt Mama.
«Ja, meine Freunde eben!», antwortet Melanie.

«Glaubst du, die anderen Kinder wollen dich als Freundin haben, wenn du so frech bist?», fragt Mama.
«Wirst du schon sehen!», sagt Melanie und stapft wütend aus dem Zimmer. Dabei streckt sie Paul die Zunge raus.
«Melanie, du spinnst wohl!» Mama ist nun wirklich sauer.

«Das werdet ihr schon noch sehen», sagt Melanie nochmal und springt die Treppenstufen hinunter in den Keller. Dort unten steht nämlich die Kiste mit den Sachen, die man zum Verkleiden braucht.

Als es draußen dunkel wird, liegt Melanie schon im Bett. Mama hat sich zu ihr auf die Matratze gesetzt.
«Mama, ich hab ein bisschen Angst vor morgen.»
«Wovor denn?»
«Na, wenn die anderen blöd sind und mich kneifen und schubsen und so», sagt Melanie und kuschelt sich noch enger in die Decke.

«Ach, Melanie, das gibt sich, wenn die sich
erst an dich gewöhnt haben und du groß bist.»
«Und wann bin ich groß?»

Mama denkt nach.
«Mmmh», sagt sie, «wenn du fünf bist vielleicht?»
Melanie legt die Stirn in Falten und tut so, als würde sie durch Mama hindurchschauen.

Sie sagt ganz leise: «Dann müsst ihr mir helfen,
bis ich fünf bin.»
«Wer soll dir helfen?», fragt Mama.
«Ach, Mama, das verstehst du nicht.»

Am nächsten Morgen wartet Mama mit dem Frühstück. Melanie bummelt wie gewöhnlich. Aber diesmal dauert es besonders lange.

«Melanie!», ruft Mama schon zum sechsten Mal. «Was machst du denn da oben im Badezimmer? Du kommst gleich am ersten Tag zu spät zum Kindergarten, wenn du dich jetzt nicht beeilst!»
Endlich erscheint Melanie am Frühstückstisch. Als Mama sich zu ihr umdreht, bekommt sie einen fürchterlichen Schreck.

Vor ihr steht ein Vampir! Melanie hat sich ihr Gesicht weiß geschminkt und einen dunklen Umhang umgelegt. In ihrem Haar glänzt Gel.
«Wie siehst du denn aus?» Mama ist entsetzt und tippt sich mit dem Zeigefinger an die Stirn.
«Bist du völlig durchgedreht? Wasch das ab! Und zwar sofort!»
Melanie schüttelt den Kopf.
«So kannst du nicht in den Kindergarten!», sagt Mama ernst.
«Dann geh ich eben nicht. Dann bleib ich hier», sagt Melanie bockig.
Weil Mama keine Lust auf lange Streitereien hat, gibt sie nach:
«Gut, wenn du dich lächerlich machen willst, dann geh so. Bitte schön.»
Melanie legt ihren Umhang noch fester um die Schultern.
«Seht ihr», flüstert sie, «jetzt müsst ihr auf mich aufpassen.»
«Mit wem redest du denn?», fragt Mama misstrauisch.
«Mit meinen Freunden», antwortet Melanie.

Melanie und Mama machen sich auf den Weg in den Kindergarten.

Vorneweg läuft Melanie als Vampir verkleidet, ein paar Schritte dahinter Mama, als habe sie mit dem komischen Wesen vor ihr nichts zu tun.

Melanie geht gleich in ihren Gruppenraum. Am Schnuppertag hat sie sich genau gemerkt, wo der ist. Und Mama geht zu Beate, um sich zu entschuldigen. «Morgen ist sie wieder normal», verspricht sie. Aber Beate findet das gar nicht so schlimm, dass heute ein Vampir im Kindergarten ist.
«Das gibt sich», sagt Beate bloß.

Als Mama Melanie zum Abschied umarmen will, faucht sie: «Lass mich, sonst beiß ich dich!»

Melanie ist gleich von den anderen Kindern umringt. Bist du ein echter Vampir? Bist du gefährlich? Beißt du? Max und Ole trauen sich am nähesten an Melanie heran.
«Du heißt bei uns Vampi», sagt Max nach einer Weile zu Melanie. Und dann spielen sie zusammen.

Am Ende des Tages fragt Max neugierig: «Kommst du morgen auch so?» Melanie nickt. «Cool!», findet Max.

Von nun an geht Melanie jeden Tag als Vampir verkleidet in den Kindergarten. Jeden Morgen verwandelt sie sich. Sie stellt sich auf einen Hocker vor den Spiegel im Badezimmer, nimmt die weiße Schminkfarbe und malt ihr Gesicht vampirblass an.

Dann malt sie sich dunkle Ringe um die Augen und zwei gefährliche Vampirzähne unter den Mund. Zum Schluss kommt noch Gel in die Haare, dann legt sie sich den Umhang um die Schultern. Mit den Worten «Freunde, jetzt muss ich los» geht sie aus dem Badezimmer. Jetzt ist sie Vampi.

Die Kinder im Kindergarten finden Melanies Verkleidung toll. Denn Melanie sieht nicht nur aus wie ein Vampir, sondern kann auch viele Geschichten über echte, große und kleine Vampire erzählen.
«Warum verkleidest du dich denn immer?», fragt Thorben eines Tages. «Ich darf das nur zu Fasching.»
«Weil Vampire meine Freunde sind», antwortet Melanie.

«Aber Vampire sind doch gefährlich, die beißen und saugen Menschen das Blut aus», sagt Thorben mit großen Augen.
«Meine nicht», sagt Melanie. «Meine Vampire beschützen mich.»
«Und woher weißt du das?», fragt Thorben.
«Das weiß ich eben. Meine Vampire beschützen alle Kinder, bis sie groß sind. Das haben sie mir versprochen.»

Am Nachmittag treffen Melanie und ihre Mama Beate in der Stadt. Fast hätte Beate Melanie gar nicht erkannt, weil sie so aussieht wie jedes andere Mädchen. Schon rennt Melanie auf sie zu und umarmt sie. «Hallo, Beate!»

«Mensch, Melanie, so kenn ich dich ja gar nicht!», lacht Beate. Melanie sieht zu Beate hoch.

«Ich hab die Vampis zu Hause gelassen. Die schlafen jetzt. Die müssen sich ausruhen.»

«Du hast deine Vampis gerne, was?»

Melanie nickt. «Ja, das sind meine Freunde, die sind immer da und helfen mir.»

«Und wie lange werden sie dir noch helfen?»

Melanie denkt kurz nach, dann sagt sie: «Bis ich groß bin.»

«Und wann bist du groß?», fragt Beate.

«Wenn ich fünf bin, dann bin ich groß. Das hat Mama gesagt. Wenn ich fünf bin, dann ärgern mich die Jungs nicht mehr und schubsen mich. Dann bin ich groß. Dann kann ich alleine.»
«Hast du das mit den Vampis abgesprochen?»
Melanie nickt mit dem Kopf.
«Haben die mir versprochen! Wenn ich groß bin, dann kann ich alleine.»

Melanie geht auch in den nächsten drei Wochen jeden Tag als Vampir verkleidet in den Kindergarten.

Dann endlich hat sie Geburtstag.
An ihrem Geburtstag darf Melanie etwas später in den Kindergarten kommen. Denn die Kinder und Beate haben sich eine Riesenüberraschung ausgedacht: ein Vampirgeburtstagsfest.

Erst verwandeln sie den Gruppenraum in eine finstere Vampirhöhle. Dann decken sie den Frühstückstisch. Es gibt dunkelroten Vampirkuchen und Blutorangensaft und Lollis in Form von Vampirzähnen.

Max und Ole und Thorben haben sich ein gruseliges Vampirlied ausgedacht. Und alle Kinder haben sich heute als Vampire verkleidet. Das soll eine besondere Überraschung für Melanie werden.

Als Melanie den Kindergarten betritt, verstecken sich alle. Katharina ist die Erste, die es bemerkt. «Melanie ist ja gar nicht verkleidet!», ruft sie.

«Melanie, wie siehst du denn aus?», schreit Ole.
«Oh, sieht die bescheuert aus!», brüllt Max.
«Melanie, das gibt's doch gar nicht!», sagt auch Beate überrascht, bevor alles im Geschrei und Getobe der vielen Vampire untergeht.
Nur Melanie steht ganz ruhig im Gruppenraum und zuckt mit den Schultern.

«Ich bin doch jetzt fünf. Ich brauch meine
Freunde nicht mehr, ich bin doch jetzt groß!»

Und dann feiern sie doch noch das Vampirgeburtstagsfest. Ein Fest für ihre Freunde, wie Melanie es sich wünscht.

«Die freuen sich bestimmt darüber», sagt sie.

Später nimmt sie ein Glas Blutorangensaft und verkriecht sich in die dämmrige Vampirhöhle. Und ehe sie sich versieht, ist ihr halb volles Glas plötzlich leer.

Als sie wieder aus der Höhle kriecht, sitzt Max schon vor ihr und grinst sie an. Dabei kaut er auf einem langen Strohhalm herum. Melanie setzt sich zu ihm und gibt ihm einen Klaps auf den Rücken.

«So, Max, nun bin ich groß!»

© Fred Dott

Jan-Uwe Rogge,

geboren 1947, ist verheiratet, hat einen Sohn und lebt in der Nähe von Hamburg. Er arbeitet freiberuflich als Familien- und Kommunikationsberater. Seit Anfang der 80er Jahre führt er Elternseminare und Fortbildungsveranstaltungen durch, die sich großer Beliebtheit erfreuen.
Bei Rowohlt erschienen unter anderem seine Sachbücher «Kinder brauchen Grenzen» (Nr. 19366), «Eltern setzen Grenzen» (Nr. 19756), «Ängste machen Kinder stark» und «Pubertät – Loslassen und Haltgeben» sowie sein erstes Kinderbuch «Ein Wolkenlied für Omama» (Nr. 20955).

Moni Port,

geboren 1968, nach dem Abitur Ausbildung zur Buchhändlerin in Trier. Danach Kommunikationsdesignstudium an der Fachhochschule Mainz mit den Schwerpunkten Illustration und Buchgestaltung. Seit Frühjahr 1998 in der Umschlaggestaltung eines Verlages und als Illustratorin tätig. Sie hat auch das erste Kinderbuch von Jan-Uwe Rogge «Ein Wolkenlied für Omama» (Nr. 20955) illustriert.